AF360657

FRAGMENTS,

COMPOSÉS DU PROLOGUE

DES *INDES GALANTES,*

DE L'ACTE

D'*HILAS* ET *ZÉLIS;*

DES CARACTÈRES DE LA FOLIE,
ET DE L'ACTE

DE LA *DANSE,*

DES TALENTS LIRIQUES;
REPRÉSENTÉS,

PAR L'ACADÉMIE-ROYALE

DE *MUSIQUE,*

Le Vendredi 6 Juillet 1770.

PRIX XXX. SOLS.

AUX DÉPENS DE L'ACADÉMIE.

A PARIS, Chés DE LORMEL, Imprimeur de ladite Académie, rue du Foin, à l'Image Sainte Genevieve.

On trouvera des Exemplaires du Poeme à la Salle de l'Opera.

M. DCC. LXX.

AVEC APPROBATION ET PRIVILEGE DU ROI.

Le Poeme eſt de *FUZELIER.*

La Muſique eſt de *RAMEAU.*

ACTEURS CHANTANTS.

DANS LES CHŒURS.

CÔTÉ DU ROI.		CÔTÉ DE LA REINE.	
Mesdemoiselles.	*Messieurs.*	*Mesdemoiselles.*	*Messieurs.*
du Puis.	Héri.	Reich.	l'Écuyer.
d'Hautrive.	Cailteau.	Floquet.	Albert.
Garrus.	Candeille.	Hebert.	Tourcati.
d'Avantois.	Van-Hecke.	l'Etienne.	Pâris.
le Bourgeois	Vatelin.	d'Agée.	Lagier.
Durand.	Beghaim.	des Rosieres.	Ghuiot.
Fontenet.	Larssure.	Jouette.	Capoi.
Renard.	Larlat.	de l'Or.	Martin.
Girardin.	Robin.	Chenais.	Boi.
Vero n.	Méon.	Fabri.	Laurent.
le Queulx.	Botson.	Denis.	Huet.
Beauvernier.	Cleret.	Rouxelin.	Parant, c.
Héri.	Tacusset.	Thibaut.	Itasse
	Royer.		Baillion.
	Fradelle.		Jalaguier.
	Cazal.		Peire.
			Jouve.
			Noel.

A ij

ACTEURS CHANTANTS.
DU PROLOGUE.

HÉBÉ, *Déèſſe de la jeuneſſe*, Mlle. Roſalie.
BELLONNE, M. Caſſaignade.
SUIVANTS ET SUIVANTES D'HÉBÉ.

PERSONNAGES DANSANTS.
LES ALLIÉS.

FRANÇOIS.
M^rs. Leger, du Pré.
Mlles. Blondeval, d'Elfevre.

ITALIENS.
M^rs. Fay, Rivet.
Mlles. la Chaſſaigne, Roſette.

ESPAGNOLS.
M^rs. Granier, du Chaiſne.
Mlles. Gillſenan, Martin.

POLONOIS.
M. d'AUBERVAL, Mlle. PESLIN.
M^rs. Beaulieu, Gallet.
Mlles. de Miré, Auberte.

GUERRIERS.
M. GARDEL.
M^rs. Aubri, Caſter, Henri, Balderoni.

JEUX & PLAISIRS.
Mlle. d'ERVIEUX.
M^rs. Simonin, le Fevre, le Doux, Girouſt.
Mlles. Louiſon, Buret, de l'Orme, Thevenet.

PROLOGUE.

*Le Théâtre repréfente les Jardins du palais d'*Hébé.

SCÉNE PREMIÉRE.

HÉBÉ, *feule.*

Vous, qui d'Hébé fuivés les loix,
Venés, raffemblés-vous, accourés à ma voix.
 Vous chantés, dès que l'aurore
 Éclaire ce beau féjour ;
 Vous commencés, avec le jour,
 Les jeux brillants de Terpficore ;
Les doux inftants que vous donne l'Amour
 Vous font plus chers encore.

Vous, qui d'Hébé, &c.

✢✢✢✢✢✢✢✢✢✢✢✢✢✢✢✢✢✢✢✢✢✢✢✢✢✢✢✢

SCENE II.

HÉBÉ, AMANTS & AMANTES *de la suite*
D'HÉBÉ.

*Jeuneſſe Françoiſe, Eſpagnole, Italienne, & Polonoiſe,
qui accourt & forme des danſes gracieuſes.*

HÉBÉ.

Amants, ſûrs de plaire,
Suivés votre ardeur :
Chantés votre bonheur,
Mais ſans offenſer le miſtere.
Il eſt pour un tendre cœur
Des biens, dont le ſecret augmente la douceur ;
Songés qu'il faut les taire.

Amants, ſûrs de plaire, *&c.*

(On danſe.)

HÉBÉ.

Muſetes, réſonnés dans ce riant bocage ;
Accordés-vous, ſous l'ombrage,
Au murmure des ruiſſeaux ;
Accompagnés le doux ramage
Des tendres oiſeaux.

CHŒUR.

Muſetes, réſonnés dans ce riant bocage, *&c.*

(Les danſes ſont interrompues par le bruit des tambours.)

H É B É.

Qu'entends-je? les tambours font taire nos muſetes!
C'eſt Bellonne : ſes cris excitent les héros.
Qu'elle va dérober de ſujèts à Paphos !

SCÉNE III.

BELLONNE, HÉBÉ, *& leur ſuite.*

(BELLONNE arrive au bruit des tambours & des trompettes, qui la précédent , avec des guerriers por-tant des drapeaux. Elle invite la ſuite D'HÉBÉ à n'aimer que la gloire.)

BELLONNE, *à la ſuite* D'HÉBÉ.

LA gloire vous appelle , écoutés ſes trompettes,
Hâtés-vous, armés-vous, & devenés guerriers :
  Quittés ces paiſibles retraites ,
Combattés, il eſt tems de cueillir des lauriers :

La gloire vous appelle , *&c.*

(La ſuite de BELLONNE *répete le rondeau*)

(Danſe des guerriers jouants du drapeau. Ils appellent les amants des Nations alliées. Ces amants généreux , épris des charmes de la gloire , ſe rangent près de BELLONNE, *& ſuivent ſes étendarts.)*

BELLONNE.

C'eſt la gloire

Qui rend les héros immortels :

Allés , encenſés ſes autels ;

Partés, courés , volés au temple de Mémoire.

(On danſe.)

✻✻✻✻✻✻✻✻✻✻✻✻✻✻✻✻✻✻✻

SCÈNE IV.

HÉBÉ, SUITE d'HÉBÉ.

H É B É, à ſa ſuite.

POur remplacer les cœurs que vous ravit Bellone,

Fils de Vénus, lancés vos traits les plus certains ;

Conduiſés les plaiſirs dans les climats lointains,

Quand l'Europe les abandonne.

(On danſe.)

LE *CHŒUR.*

Traverſés les plus vaſtes mers ,

Volés, Amours ; portés vos armes & vos fers

Sur les plus éloignés rivages.

Eſt-il un cœur dans l'univers

Qui ne vous doive ſon hommage ?

Traverſés les plus vaſtes mers, *&c.*

(Les AMOURS s'envolent, pendant le chœur, & ſe diſperſent loin de l'Europe, dans les différents climats.)

FIN DU PROLOGUE.

HILAS

HILAS
ET
ZÉLIS,
PASTORALE.

Le Poeme eſt de M * * *

La Muſique eſt de M. de BURI, Surintendant de
la Muſique du ROI.

ACTEURS CHANTANTS.
TROISIEME ENTRÉE.

L'AMOUR,   Mlle. Châteauneuf.
ZÉLIS,   Mlle. Rofalie
HILAS,   M. Durand.
NIMPHES.
Suivants de L'AMOUR.
CHŒUR de GNIDIENS.

La Scêne eft à GNIDE.

PERSONNAGES DANSANTS.
NIMPHES.

Mlle. HEINEL.

Mlle. ASSELIN.

Mlles. Mercier , d'Auvilliers , Gaudot , Grandi ,
Adeline, Perféval , du Mefnil Murès.

SUIVANTS DE L'AMOUR.

M. GARDEL.

Mlle. d'ERVIEUX.

M^{rs}. Doffion , Lieffe , Giguet , Martinet,
Hennequin, c., la Rue, Abraham, le Roi, 2.
Mlles. la Fond , le Clec , le Roi , de l'Aunai,
Granier, du Chefnois, le Bel, Henriette.

HILAS ET ZÉLIS,
PASTORALE.

Le Théâtre repréſente un lieu champêtre ; on voit au milieu un autel ruſtique.

SCÈNE PREMIÈRE.
L'AMOUR, ZÉLIS.
ZÉLIS.

O Vous, qui ſoûmettés les dieux & les mortels,
Dieu du bonheur, âme de la nature,
Amour, je n'offrirai des vœux qu'à vos autels ;
C'eſt Hilas qui vous les aſſûre.

B ij

L'*AMOUR.*

Zélis, un don si précïeux
Peut-être de son cœur vous ravira l'hommage :
Lorsque mille beautés paroîtront à ses yeux,
S'il alloit devenir volage ?

Z *É L I S.*

Ce seroit un malheur affreux ;
Mais au-moins j'aurai l'avantage
De l'avoir rendu plus heureux.

L' *AMOUR.*

Évités sa présence,
Dès qu'il apercevra le jour.
On l'amene en ces lieux ; craignés son inconstance.

Z *É L I S.*

J'espere tout de mon amour.

SCÈNE II.

ZÉLIS, HILAS, *guidé sur un siége de gâson.*

ZÉLIS.

Hilas, je dois parler sans feinte :
Nous nous aimons, je sens notre félicité ;
        Mais l'amour n'est jamais sans crainte :
Le tems peut amener votre légereté.

HILAS.

Non, Zélis ; éloignés un si triste présage.
        Mes yeux, privés de la clarté,
        A vos attraits ne peuvent rendre hommage :
Mais un lïen plus doux me séduit & m'engage ;
Votre esprit vous répond de ma fidélité.

ZÉLIS.

Si quelque dieu, dans ce jour favorable,
Fesoit tomber le voile de vos yeux,
Peüt-être, Hilas, trahiriés-vous nos feux ?
        Et vous deviendriés coupable
        En cèssant d'être malheureux.

H I L A S.

Pour rendre ma tendreſſe extrême
Ai-je beſoin d'admirer vos appas ?
C'eſt un bonheur que je ne connois pas,
Mais vous parlés, & j'aime.

Z É L I S.

Hilas, vos yeux vont être ouverts ;
Vous allés admirer l'eclat de la nature :
Puiſſiés-vous n'être pas parjure,
Au milieu des plaiſirs qui vous feront offerts !

S C É N E III.

H I L A S, ſeul.

DE ce vaſte univers je verrois le ſpectacle ?
Peut-être c'eſt un vain eſpoir.

Mais quel dieu bienfeſant, quel ſouverain pouvoir
De mes yeux, entre-ouverts, vient enlever l'obſtacle ?
Que d'objèts variés s'offrent de toutes parts !
Quelle douce lumière
Étonne mes eſprits, & charme mes regards !
Son feu s'étend ſur la nature entière.
L'immenſité des cieux, leur ordre, leur ſplendeur

Porte le caractere
De leur suprême auteur.

(On entend une simphonie champêtre.)

Quels sons font retentir ce séjour solitaire ?

(On danse.)

SCÉNE IV.

L'AMOUR, *suivi de* NIMPHES, HILAS.

L'AMOUR.

POur être heureux, jouïs de la clarté ;
Vois tous ces objèts, nés pour plaire :
C'eſt le plaiſir d'admirer la beauté
Qui fait le prix du jour qui nous éclaire.

(On danse.)

L'*AMOUR*, *alternativement avec le* CHŒUR *de* BERGERES.

C'eſt à l'Amour qu'on doit les jours heureux

Vos
Nos attraits ſont dûs à ſes flâmes

Et c'eſt le bonheur de vos/nos âmes,

Qui brille dans vos/nos yeux.

(Une Nimphe danſe & tâche de ſéduire HILAS *; elle n'y reuſſit point : une autre Nimphe ſemble y parvenir par les grâces voluptueuſes de ſa danſe.)*

HILAS,

HILAS.

Que tout ce que je vois me furprend & m'enchante !
Dieux, que de grâces, que d'appas !
Oui, cette Nimphe exprime dans fes pas
Ce que je fens quand Zélis chante.

L'AMOUR.

Si c'étoit elle ?

HILAS.

Non, je ne m'y m'éprends pas ;
J'éprouverois un trouble extrême,
Je la reconnoîtrois :
Tout décele l'amour, tout en porte les traits.
Je vais chercher Zélis, je veux voir ce que j'aime :
Grands dieux ! fans ce plaifir, reprenés vos bienfaits.

(*Il fort.*)

SCÈNE V.

L'AMOUR, ZÉLIS.

ZÉLIS.

Malgré moi-même, hélas ! j'allois paroître ;
Je ne puis plus long-tems voir mon fort incertain.

L'AMOUR.

La conftance d'Hilas fera votre deftin,
Je n'en fuis plus le maître.
Zélis, montés fur cet autel ;

C

Puisque le jour ne sert qu'à te rendre parjure,
Je vais t'en priver à l'instant.

ZÉLIS.

Arrête, Amour ! Hilas n'est point volage.

HILAS.

Qu'entends-je ? c'est Zélis ! quel transport ! quel
moment !
Ah, quel bonheur pour un amant,
Quand le cœur & les yeux confondent leur hommage !

L'AMOUR.

Goûtés une si tendre ardeur,
Vivés dans ce séjour tranquille ;
Je vous le donne pour asile,
Et je choisis le mien dans votre cœur.

ZÉLIS, HILAS.

Formons des chaînes éternelles :
Règne, Amour, lance tous tes feux !
Tous nos moments seront heureux ;
Ton flambeau nous rendra fideles.

L'AMOUR.

Que leurs transports animent vos desirs,
Chantés, célébrés ma victoire ;

ZÉLIS, *feule.*

Un volage
Te fait outrage ;
Un tendre cœur
Fait fon bonheur
De la conftance.

LE CHŒUR.

Dieu des amants, fignale ta puiffance.

ZÉLIS.

Bannis des cœurs
Les foûpirs trompeurs.

Ne quitte plus, Amour, notre bocage ;
On n'eft heureux qu'en fuivant tes loix.

LE CHŒUR.

Daigne toûjours, fous ce rïant ombrage,
De nos cœurs déterminer le choix.

ZÉLIS.

Je fais gloire
De ta victoire :
Toi feul remplis mes vœux.

LE PETIT CHŒUR.

Lance, Amour, tes feux.

LE GRAND CHŒUR.

Fais de ces beaux lieux
Le féjour des ris & des jeux

ZÉLIS *&* LES CHŒURS.

Par tes bienfaits,
Règne à-jamais.

Ne quitte plus, Amour, *&c.*

(Un divertiſſement géneral termine cette Entrée.)

LA DANSE.

SUJET.

MERCURE, *selon plusieurs Mitologistes, étoit le dieu de tous les arts. Paroîtra-t-il hors de vraisemblance qu'on l'ait représenté amoureux d'une bergere qui mérite, par ses talents, d'être admise à la cour de Terpsicore?*

*Le Poeme est de M * * **

La Musique est de RAMEAU.

ACTEURS.

MERCURE, *déguisé en berger*,   M. le Gros.
ÉGLÉ, *bergere*,   Mlle. Guimard.
EURILAS, *berger*,   M. Caſſaignade.
PALÉMON, *berger, jouant du*   M. Bureau.
  hautbois,
UNE BERGERE,   Mlle. Roſalie.
CHŒUR *de Bergers & Bergeres.*

PERSONNAGES DANSANTS.

BERGERS.

M^rs. Leger, Rogier, du Pré, Beaulieu, Gallet,
Granier, Hennequin, 1., Caſter.

TERPSICORE.

Mlle. PESLIN.

NIMPHES DE TERPSICORE.

Mlles. Mercier, Blondeval, Gillſenan, Adeline,
la Chaiſſaigne, Auberte, d'Elfevre, de Miré,
Roſette, Hidou, Martin, Fonbel.

FAUNES.

M. VESTRIS,
M^rs. Trupti, Rivet, Fay, Henri, Aubri,
Balderoni, Doſſion, Lieſſe, Martinet,
le Roi, 1., Huart, Daugui.

LA DANSE.

LA DANSE.

Le Théâtre repréſente un hameau.

SCÈNE PREMIÈRE.

MERCURE, ſeul.

Que de plaiſirs l'Amour m'aprête !
Le plus aimable objet doit être la conquête
    Qu'il me promet dans ce hameau.
Mais pour jouïr d'un triomphe plus beau ,
Mercure, comme un dieu, ne veut point y paroître...
On approche... évitons de me faire connoître.

D

MERCURE.

Étranger en ces lieux, je ne sais point encore
Quels sont & les desseins, & les appas d'Églé.

EURILAS.

De l'art de Terpsicore
Églé nous enseigna les loix.

Un asile charmant, révéré dans ces bois,
Nous offre, chaque jour, au lever de l'Aurore,
Des jeux, qu'Églé conduit au son de nos hautbois.

Pour prix de ses soins, de son zele,
Terpsicore l'engage à choisir un époux,
Et lui promet la chaîne la plus belle.

MERCURE.

Et ce choix glorïeux doit se fixer sur vous?

EURILAS.

Églé de son ardeur me fait encor mistere :
Mais je vois mes rivaux, trop empressés à plaire,
Soûpirer & gémir dans leurs fers malheureux;
J'aime, sans me plaindre comme eux :

Amants, voulés-vous qu'une belle,
Des feux dont vous brûlés soit éprise à son tour ?
Déguisés auprès d'elle
L'excès de votre amour.

MERCURE.

Non, non, ce n'eſt qu'à vous qu'Églé rendra les armes ;
Des feux ſi bien conduits feront récompenſés.

       (*On entend le ſon d'un hautbois.*)

EURILAS.

De ſa danſe elle vient faire briller les charmes ;
Et je crains de montrer des ſoins trop empreſſés.

SCÉNE IV.

MERCURE, ÉGLÉ, PALÉMON.

(*É* G L *É arrive en danſant, au ſon du hautbois de*
P A L É M O N *;* & M E R C U R E *s'accorde à ce haut-*
bois, en chantant l'air que danſe É G L *É.*)

MERCURE.

Tu veux avoir la préference,
  Berger, au ſon de ton hautbois,
Crois-tu d'Églé guider encor la danſe ?
  Non, non, c'eſt le ſon de ma voix.

    Grâces, quittés Cithere,
    Venés ſur ce gâſon :
    Pour danſer & pour plaire,
    Venés de la bergere
      Prendre leçon.

Tu veux avoir la préference, &c.

(*É* G L *É ſoûrit, en danſant près de* M E R C U R E ;
P A L É M O N *jaloux, marque ſon dépit, & ſort.*)

MERCURE.

Mais il fuit… il foûpire…
Il brîſe ſon hautbois… Ah ! ſi de ſon couroux
Eglé ne fait que rire ,
Que ce dépit me ſera doux !

SCÊNE V.

MERCURE, ÉGLÉ.

ÉGLÉ, *à part.*

PAr quel enchantement me laiſſé-je ſurprendre ?
Dieux, quel eſt ce berger ?

MERCURE.

Mon cœur, juſqu’à ce jour ,
Avoit ſu ſe défendre
Des attraits de l’Amour ,
Et j’eſpérois de ne jamais m’y rendre.

J’apprends à ſoûpirer, Églé ; c’eſt dans vos jeux ,
C’eſt par vous que je ſais qu’il faut enfin qu’on aime :
Je ne ſais , en aimant , ſi l’on peut être heureux ;
L’apprendrai-je de même ?

ÉGLÉ.

Que lui dirai-je, hélas ! tous mes ſens ſont troublés.

MERCURE.

Vous ne répondés point ; parlés.

ÉGLÉ.

Une tendre bergere
Emprunte vainement
Un langage fevere :
La feinte fe dément,
Quand l'amant
Sait lui plaire.

MERCURE.

Maître des cieux, vos grandeurs ne font rien ;
Le cœur d'Églé lui feul eft le fouverain bien.

Vous mérités des vœux plus éclatants encore.
Reconnoiffés Mercure, épris de vos attraits :
Il fent pour vous les feux les plus parfaits ,
Mercure vous adore.

ÉGLÉ.

Mon cœur, à fes tranfports ,
Reconnoît un pouvoir fuprême.
Hélas ! pour les cacher j'ai fait de vains efforts.

MERCURE.

Eh, c'eft ainfi qu'Amour veut que l'on aime !

ÉGLÉ

Il veut qu'on aime conftamment.

**********◊***◊*******

SCÈNE VI.

MERCURE, ÉGLÉ, EURILAS.
CHŒUR de bergers.
UNE BERGERE, & LE CHŒUR.

L'Amour règne en ces bois ;
Himen , c'eſt par nos voix
Qu'en ce jour il t'implore.

LA BERGERE.

Confonds ſi bien
Ton empire & le ſien ,
Que ſans-cèſſe on ignore
Qui des deux
Sait rendre plus heureux.

(Danſes des bergers , amoureux d'ÉGLÉ.)

LA BERGERE.

C'eſt pour l'Amour que nos hameaux ſont faits.
Nos bergers ſont toûjours ſinceres ,
Et l'on ne voit jamais
D'infideles bergeres.
Quand un amant eſpere un doux retour ,
Ce n'eſt pas pour la gloire
Qu'il tente la victoire ,
C'eſt pour l'amour.

Après

*(Après plusieurs airs dansés par les bergers, ÉGLÉ
danse, une guirlande à la main, & la donne enfin
à MERCURE.)*

EURILAS.

Pour une autre Églé se déclare !
Espoir flateur, qu'êtes - vous devenu ?
Mais que je suis vengé par un choix si bisâre !
Il falloit à son cœur un berger inconnu.

MERCURE.

Au choix d'Églé cessés de faire injure ;
Dans ce berger reconnoissés Mercure.

(Un Amour vole, & remet le Caducée à MERCURE.)

LE CHŒUR.

Le charmant art d'Églé d'un dieu même est vainqueur !

MERCURE.

Églé va faire mon bonheur.

LE CHŒUR.

Le charmant art d'Églé d'un dieu même est vainqueur ! . . .

*(Une simphonie brillante suspend le chant des bergers ;
le théâtre change, & représente un jardin orné.)*

CHŒUR, Suivons les loix, &c.

L A BERGERE.

On fait un choix ;
On aime, & pour toûjours on aime.

MERCURE & LE CHŒUR. Suivons les loix, &c.

L A BERGERE.

L'Amour vous appelle,
Aimés, foyés fidele ;
L'Amour vous appelle,
Qu'il eſt doux d'entendre ſa voix.

MERCURE.

J'ai fait un choix.
J'aime, & c'eſt pour toûjours que j'aime.
Suivons, &c.

Avec L E CHŒUR.

Suivons les loix, &c.

L A BERGERE.

Notre ardeur conſtante
Sans-cèſſe s'augmente.

MERCURE, & la BERGERE.

Qu'ici chacun chante
Mille & mille fois
Suivons, &c.

MERCKE, à TERPSICORE.

Églé me tient sous sa puissance ;
D'une Nimphe si belle augmentés votre cour ;
Vous verrés à jamais les Grâces & l'Amour
Partager ma reconnoissance.

(*TERPSICORE prend ÉGLÉ pour danser, & toute sa
Cour la reconnoît pour Nimphe de la danse, dès que
cette Muse lui a remis son tambour.*)

MERCURE.

L'objet qui règne dans mon âme
Des mortels & des dieux doit être le vainqueur :
Chaque instant il m'enflâme
D'une nouvelle ardeur.

Je m'abandonne à mon amour extrême,
Et je fixe à jamais mes plaisirs en ces lieux ;
C'est où l'on aime
Que sont les cieux.

L'objet qui règne dans mon âme, &c.

(*Une Contre-danse termine cette Entrée.*)

F I N.

____

APPROBATION.

J'ai lu, par ordre de Monseigneur le Chancelier, *LES FRAGMENTS*
composés de trois Actes, dont on peut permettre l'impression. A Paris le
23 Juin 1770.

D U C L O S.